Siempre hay buenas personas

Cynthia Harmony, M.A.

Todos tenemos un superpoder.

¡Podemos ayudar a las personas y al mundo!

Yo levanto la basura.

Yo le doy de comer a mi mascota.

Yo llevo las bolsas de la compra.

Piensa y habla

¿Cómo ayudas en casa?

Yo acaricio a mi perro.

Yo le doy de comer a mi hermano.

Nosotros plantamos árboles.

Nosotros compartimos el paraguas.

Yo llamo a mi familia.

Yo ayudo a mi hermana con la bici.

Nosotros ayudamos a las tortugas bebés.

Nosotros compartimos los dulces.

Nosotros esperamos nuestro turno.

¿Y tú cómo usas tu superpoder?

Salta a la ficción

Maya saluda

A Maya le encanta salir con su abuela.

Las dos dicen hola y saludan con la mano. Ven una sonrisa. Ahora dos.

Todos están contentos.

Civismo en acción

Las personas hacen cosas amables todos los días. Ayudan. Comparten. Se interesan por los demás.

1. Piensa en alguien que hizo algo amable.

2. ¿Qué hizo?

3. ¡Crea un premio! Dáselo.